Robert Kraft

Erzählungen: Der Medizinmann

Das Seegespenst

fabula Verlag Hamburg

ISBN: 978-3-95855-469-6
Druck: fabula Verlag Hamburg, 2017
Covergestaltung: Violetta Wegel

Der fabula Verlag Hamburg ist ein Imprint der Diplomica Verlag GmbH.
Bibliografische Information der Deutschen Nationalbibliothek:
Die Deutsche Nationalbibliothek verzeichnet diese Publikation in der Deutschen Nationalbibliografie; detaillierte bibliografische Daten sind im Internet über http://dnb.d-nb.de abrufbar.

http://www.fabula-verlag-hamburg.de
Printed in Germany

Robert Kraft

Erzählungen

Der Medizinmann
Das Seegespenst

Inhalt

Der Medizinmann

Der alte Samuel Peters in San Franzisko war ein Sonderling durch und durch, und wer mit ihm in Verkehr trat, den zog er mit hinein in sein geheimnisvolles Treiben.

Sein Vater war einer der ersten Goldgräber in Kalifornien gewesen und dabei einer der glücklichsten. Als er durch seine Hacke ein schwerreicher Mann geworden war, zog er sich aber nicht zur Ruhe zurück, sondern fing an zu spekulieren, und zwar auf eine Weise, dass man ihn für einen Narren hielt. Er kaufte sämtliche erschöpfte Goldgruben, alle Schutthaufen, natürlich für einen Spottpreis, wartete geduldig, und als sich wieder Arbeitskräfte meldeten, zeigte es sich, wie schlau er gehandelt hatte. Jetzt begann er erst die richtige Ausbeute, mittelst eines patentierten Verfahrens zog er aus jedem Kieselstein das letzte Quentchen Gold, Silber, Kupfer und Blei, er spekulierte weiter, und als er starb, gab es in ganz Amerika keine Mine, Petroleumquelle oder Eisenbahn, von der sein Sohn und einziger Erbe Samuel nicht Besitzer oder Hauptaktionär gewesen wäre.

Samuel war zum Ingenieur ausgebildet worden und hatte an den berühmtesten Hochschulen des In- und Auslandes seine Studien getrieben. Als er beim Tode des Vaters nach San Franzisko zurückkehrte, glaubte man, der noch junge Mann mit dem ungeheuren Vermögen würde sich nun in den Strudel des Lebens stürzen.

Stattdessen zog er sich in die tiefste Einsamkeit zurück. Er ließ sich in der Umgegend der Stadt ein großes Haus bauen, aus allen Weltteilen trafen Maschinen und Arbeiter ein, mit denen er sich schon früher verständigt haben mochte, und seitdem bekam man Samuel Peters nie wieder zu sehen, ebenso wenig einen seiner Leute, darunter auch Frauen.

Das Grundstück, auf dem er wirtschaftete, war und blieb der Bevölkerung von San Franzisko ein Rätsel. Das fabrikähnliche Haus besaß vorn heraus keine Fenster, sie mussten nur nach dem Hofe oder nach dem ungemein großen Garten gehen, der aber von einer sehr hohen Mauer umgeben war, sodass niemand darüber hinwegsehen konnte.

Von früh bis abends wurde in diesem Hause gepocht und gehämmert, die Schornsteine qualmten, von der Stadt führte eine eigene Eisenbahn bis vor die Tür, Eisengießereien, Stahlwerke, Glashütten und andere Fabriken bekamen große Aufträge, Fleischer und Gemüsehändler lieferten ihre besten Waren, aber hinein kam niemand.

Starb jemand oder wurde ein Kind geboren, so wurde die Behörde davon mit dem eigenen Telegraph benachrichtigt, aber kein Priester geholt, denn ein solcher befand sich selbst in der kleinen Kolonie.

So meldete Peters eines Tages auch nur kurz, dass ihm ein Sohn geboren worden wäre, welcher in der Taufe den Namen Frank erhalten hätte. Man wusste nicht einmal, dass er verheiratet war, das kam erst ans Tageslicht, als er einige Jahre später den Tod seiner Frau depeschierte.

Die Behörde ließ den alten Sonderling, dem fast ganz San Franzisko gehörte, in Ruhe, desto mehr beschäftigte sich die öffentliche Meinung mit ihm.

Die seltsamsten Gerüchte zirkulierten über ihn. Dass er als Ingenieur Erfindungen zu machen beabsichtigte, und zwar elektrotechnische, bewiesen die gelieferten Rohmaterialien. Überhaupt sollte in dem Hause alles elektrisch „zugehen“, wie die Leute sagten. Der unsichtbare Garten sollte ein wahres Paradies sein, in dem großen See sollte sich unter Wasser ein prächtiger Glaspalast befinden, durch Elektrizität getriebene Schiffe sollten darauf fahren, die nach Belieben auch in die Tiefe versanken, die seltsamsten Fuhrwerke sollten im Garten spazieren fahren usw., usw. Aber es blieb eben nur Vermutung, denn es kam weder jemand hinein noch heraus, nicht einmal der Geschäftsführer in der Stadt, der das große Bureau leitete und die geschäftlichen Interessen von Samuel Peters vertrat, aber auch nur brieflich oder telegraphisch mit ihm verkehrte.

Es fehlte nicht an Neugierigen, welche ein Eindringen in das Haus versuchten, immer vergeblich. Zwei Zeitungsreporter hatten einmal die Gartenmauer erstiegen, obgleich überall Plakate vor Selbstschüssen warnten, und waren oben kleben geblieben, jämmerlich um Hilfe schreiend, und wurden nicht eher aus ihrer Lage befreit, als bis die telegraphisch herbeigerufene Polizei kam. Sie waren mit einem elektrischen Kabel in Berührung gekommen, dessen Strom sie wie mit eisernen Zangen festhielt, bis er abgestellt wurde.

Als die erste Pazifikbahn gebaut wurde, bestand Samuel darauf, dass Stocktown eine Station würde, man sah eine Notwendigkeit gar nicht ein, aber man musste ihm gehorchen, weil man ohne sein Vermögen nichts beginnen konnte, und von Stocktown aus ließ er eine eigne Bahn nach Süden legen, wohin, wusste vorläufig noch niemand, bestellte für sich eigne Lokomotiven und Wagen.

Der kleine Frank mochte etwa 10 Jahre alt sein – dass er noch lebte, wusste man nur daher, weil der Vater seinen Tod noch nicht gemeldet hatte – als sich eines Tages die Portale des geheimnisvollen Hauses weit öffneten und Arbeiter in die bereitstehenden Waggons zu verladen begannen: Möbel, Maschinen und Gegenstände, wie man sie noch nie gesehen hatte.

Auch Samuel Peters bekam man endlich zu Gesicht, einen alten Herrn mit ergrautem Haar und klugen, freundlichen Augen, eine ehrfurchtgebietende Erscheinung, an der Hand einen hübschen goldlockigen Knaben führend.

Diese bestiegen zuerst den Zug, fuhren davon, der Zug kam zurück, wurde wieder vollgeladen, und so ging es fort, bis das große Haus ganz ausgeräumt war und unter der Obhut einiger Wächter blieb.

Seitdem bekam man von dem Sonderling noch weniger zu hören. Es hieß, nun treibe er sein geheimnisvolles Handwerk in einem versteckten Winkel des Felsengebirges fort.

So war es auch. Die Tiere und die Indianer flohen vor dem Lärm, der plötzlich in einem unwirtlichen Teile der Sierra Nevada begann. Zuerst, als die Eisenbahn dorthin gelegt wurde, hatten die Arbeiter mehrfach blutige Kämpfe mit den Indianern zu bestehen, als es aber erst in den Bergen donnerte und krachte, feurige Garben zum Himmel aufstiegen, zentnerschwere Steinblöcke umherflogen, zogen sie sich scheu zurück und lauschten aus weiter Ferne den Arbeiten, die dort ein großer Medizinmann betrieb, jeden Augenblick zur Flucht bereit.

Doch sie blieben unbelästigt. Das laute Lärmen verstummte, keine Explosion erfolgte mehr, kein Rauch stieg mehr auf, und nichts als die manchmal hin- und herfahrende Eisenbahn, welche in einem Felsen verschwand, verriet, dass hier Menschen hausen mussten.

Nach und nach wurden die Indianer daran gewöhnt, die alte Raublust erwachte, von benachbarten Stämmen hatten sie das Aufreißen der Schienenstränge gelernt, um den mit wertvollen Waren angefüllten Zug zum Entgleisen zu bringen, wollten es einmal hier probieren, kamen aber übel an.

Sie waren in der besten Arbeit, die Schienen zu lockern, als plötzlich alle, die daran arbeiteten, einen so furchtbaren Schlag durch den ganzen Körper erhielten, dass sie laut aufbrüllten und in toller Flucht fortstürzten, die andern mit.

Seitdem vermieden die Indianer ängstlicher denn zuvor die Umgegend des Zauberberges, in dem ein Medizinmann wohnte, der auch von weitem unsichtbare Schläge austeilen konnte.

Es war am späten Nachmittag eines Sommermonates, die Sonne vergoldete schon die Bergspitzen, als ein Mann, an seiner ganzen Tracht als Trapper kenntlich, durch die Schluchten des Felsengebirges irrte.

In den Armen trug er einen scheinbar leblosen Indianer, dessen Schulter mit einem blutigen Tuche verbunden war. Wie die Feder in der Skalplocke fehlte, so auch jedes andere Kriegsabzeichen, auch die Malerei war verwischt. Es gehörte die ganze Kraft des weißen Jägers, eines noch jungen Mannes dazu, mit seiner Last über den unebenen Boden zu marschieren, oft musste er über breite Spalten springen oder von Stein zu Stein balancieren, dabei behinderte ihn noch die schwere Büchse auf dem Rücken, und einen wie weiten Weg er schon zurückgelegt hatte, merkte man seiner mit Staub bedeckten ledernen Kleidung und den abgenutzten Mokassins an. Er keuchte, von der Stirn floss der Schweiß, doch ließ er den Indianer nicht sinken, und da er manchmal an einer abzweigenden Schlucht zögerte und hilfesuchend um sich blickte, musste er sich verirrt haben.

„Wasser", murmelte der Indianer, sich der englischen Sprache bedienend, „Schnellfuß verdurstet."

„Armer Kerl, wenn ich nur welches entdecken könnte", sagte der Jäger mitleidig, „oder wenn ich nur wenigstens Deine schnellen Füße hätte. Nicht einmal ein grüner Grashalm wächst hier, mit dem ich Deinen Gaumen erfrischen kann."

Lauschend blieb er stehen und schritt dann, einen Fluch auf gut deutsch in den Bart murmelnd, schnell weiter.

Ein dumpfes Geräusch von sprudelndem Wasser war in sein scharfes Ohr gedrungen, aber das hatte er schon oft vernommen, und wenn er hinkam, fand er keins. Das Wasser musste unterirdisch fließen, und doch trieb ihn die Hoffnung immer wieder an.Da, als er aus einer schmalen Spalte in eine breitere kam, stieß er einen lauten Jubelruf aus. Zu seinen Füßen zogen sich zwei Eisenbahnschienen hin.

„Hurra, die Eisenbahn! Jetzt, Schnellfuß, nimm Dich zusammen, dass Du noch nicht in die ewigen Jagdgefilde hinüberwanderst. Und wenn ich die ganze Pazifikbahn abrennen muss, ich bringe Dich doch auf eine Station. Aber die Pazifikbahn ist das nicht, die ist zweispurig. Habe früher immer geglaubt, die Eisenbahn sei nur dazu da, den Menschen das Leben zu verbittern, und jetzt ... ja, wohin aber nun, links oder rechts?"

Da war guter Rat teuer. Links sah es trostlos aus und rechts ebenso. Befahren wurde die Strecke, die Schienen waren blank, sogar auffallend blank.

Der Trapper hob ein Steinchen auf und warf es über den Kopf hinter sich. Es fiel nach links.

„Nach links also? Nein, nun gehe ich gerade rechts, nur kein Aberglaube", und damit eilte er mit Riesenschritten nach rechts.

Er war erst zehn Minuten so gegangen, als ihm ein Zug entgegenkam, wenigstens sah er einen Wagen auf sich zukommen, die Lokomotive musste schieben.

Sicherlich hatte der Trapper lange keine Eisenbahn mehr gesehen, sonst wäre ihm die Kleinheit des Waggons aufgefallen. Er war nicht größer als ein Schubkarren, aber auf hohen Rädern ruhend.

Schnell ließ der Jäger den Indianer zu Boden gleiten, sprang zwischen die Schienen, riss den verwetterten Filz vom Kopfe und schwenkte ihn durch die Luft.

„Hallo, he, halt, stopp!“, schrie er, musste aber noch schneller beiseite springen und sich an die Felswand drücken, sonst hätte der Zug ihn überfahren.

„Caracho di lognietti! Himmelkreuzschockschwerebrett! Ja ... wa ... was ist denn das?“, stotterte er. „Da fährt wohl der Teufel spazieren?“

Es war nur ein einziger Wagen, der vorbeisauste, auch noch bergan, und keine Lokomotive schob ihn, keine Maschinerie war zu sehen, kein Rauch, dagegen sprühten da, wo die Räder die Schienen berührten, lange, weiße Funken knisternd hervor.

„Unsinn, nur kein Aberglaube“, brummte der Trapper, nahm den Indianer wieder auf die Arme und setzte seinen Weg mit verdoppelter Schnelligkeit fort.

Sein Zweifeln an jedem Aberglauben sollte auch bald belohnt werden. Zwar versperrte eine himmelhohe Felswand die Schlucht, aber da, wo die Schienen verschwanden, befand sich ein mächtiges eisernes Tor und in diesem wieder eine kleinere Tür.

„Mag ein Bergwerk sein, da werde ich auch erfahren, mit was die eigentlich ihre Karren bergauf fahren lassen“, dachte der Trapper, legte den bewusstlosen Indianer abermals sanft nieder und stieß mit dem Gewehrkolben gegen das Tor.

Sofort ward die kleine Pforte geöffnet und der Trapper sah einen Mann vor sich stehen, von einem blendendweißen Licht umflossen, dass er die Augen schließen musste.

„Wenn ihr Christen seid, erbarmt euch dieses sterbenden Indianers ... o, verflucht, bei euch ist's aber hell ... er ist bald verschmachtet ... brennt ihr denn immer so viel Licht?“

Der Pförtner sagte gar nichts, er legte hilfsbereit Hand an, sie trugen den Indianer hinein, die Tür schlug zu. Der Trapper hatte jetzt keine Zeit, sich umzusehen, obgleich ihm seine ganze Umgebung schon recht merkwürdig vorkam.

„So, hier hinein in Nummer acht, geht nur heraus, wenn die Tür aufspringt. Der Meister weiß schon alles, ehe ihr hinaufkommt."

Damit war schon der Trapper durch eine Tür in ein Kästchen geschoben, auf dessen gepolsterter Bank der Indianer bereits lag.

„Zum Teufel, doch erst Wasser für..."

Schwupp, flog ihm die Türe vor der Nase zu, und der Trapper glaubte nicht anders, als er sei in eine Falle gelockt und gefangen worden. Ehe er sich aber besinnen konnte, fühlte er, wie sich der Boden unter seinen Füßen emporhob, und ehe er noch weiter das Kämmerchen, in dem eine Lampe intensives Licht verbreitete, mustern konnte, hielt der Fahrstuhl, dessen Namen er noch nicht einmal kannte, eine Tür sprang auf, da standen drei Männer und ein etwa vierzehnjähriger Knabe und auch schon ein Bett.

Ein riesenhafter Neger legte den Indianer darauf und zog den Trapper, dessen Verblüffung wuchs, ohne weitere Umstände heraus.

„Sie haben den Indianer gefunden?", fragte ihn ein Herr mit langem, weißem Bart. „Er ist verschmachtet?"

„Ja, so ist es – das heißt, ganz tot wird er wohl noch nicht sein ... zum Teufel, bin ich denn nur verhext? ... Unsinn, nur kein Aberglaube ... wo bin ich denn eigentlich hier?"

„Er lebt", ließ sich ein anderer Herr vernehmen, der sich mit dem Bewusstlosen beschäftigte, „in der Schulter steckt noch eine Kugel, zerschmettert wird nichts sein – ich muss sie herausschneiden – er scheint fast verschmachtet zu sein. Jupiter, fass an, in die Krankenstube."

Der Schwarze fuhr das Rollbett hinaus, der Arzt ging mit.

„Der Indianer ist hier gut aufgehoben und unser Arzt versteht sich auf so etwas", sagte der alte Mann zu dem

Trapper, „nun erzählen Sie, wie Sie ihn gefunden haben. Kennen Sie ihn denn?“

Der Trapper konnte nur immer mit maßlosem Erstaunen um sich blicken. Nichts war hier vorhanden, was sonst bekannt war, es seien denn die Zeichnungen und Bücher auf den Tischen, aber diese selbst waren keine richtigen Tische, mit sonderbaren Apparaten bedeckt, ebenso wie die Wände. Schnüre liefen durch das Zimmer oder hingen von der Decke herab, Schienen gingen am Boden entlang, überall strahlten Lampen das weißeste Licht aus.

Während der Trapper erzählte, musste er sich denn auch immer durch Fragen unterbrechen.

„Ich bin ein freier Waldläufer, habe keine Heimat, wo ich mich hinlege, da ist mein Bett und jede Nacht schlafe ich wo anders. So bin ich durch ganz Amerika gewandert, von Nord nach Süd, von Ost nach West, von meiner Büchse lebend.“

„Heute Morgen kam ich nun in diese Gegend. Vielleicht 20 englische Meilen von hier fand ich den Indianer liegen, neben ihm zwei andere tot. Es musste ein Kampf stattgefunden haben. Der Indianer, Schnellfuß heißt er, blutete noch aus einer Schulterwunde, ich verband sie ihm. Die Toten gehörten zum Stamme der Crows, das sah ich aus ihrer Malerei, aber nicht, was Schnellfuß für ein Indianer war, denn seine Malerei ist verwischt.“

„Offenbar hat er schon am Marterpfahl gestanden, denn seine Leggins sind versengt, an den Füßen hat er auch Brandwunden. Man hat ihm den Schmuck aus der Skalplocke und aus den Ohren gerissen ... ja, zum Teufel, wo habt ihr denn hier Fenster zum Hinaussehen?“

„Wir brauchen keine Fenster“, lächelte der Alte.

„Er ist geflohen, wurde verfolgt, hat seine Verfolger niedergemacht und blieb selbst verwundet liegen, kalkuliere ich. Die Spur zurückgehen konnte ich nicht, sonst wäre ich seinen Feinden in die Hände gelaufen, nahm ihn also auf und marschierte weiter … was ist denn das für ein Gebrause?"

„Der Wasserfall, der der Maschinerien treibt."

„Dacht' ich's mir doch gleich. Wo ich einmal gewesen bin, finde ich mich immer wieder zurück, aber hier war ich noch nie gewesen. Ich kam in ein wildes Felsengebiet, kurz und gut, ich wusste nicht mehr, wo aus und ein. Der Indianer wimmerte nach Wasser und meine Flasche war bald leer und Wasser fand ich nicht."

„Hat der Indianer nichts erzählt?"

„Nichts weiter, als dass Schnellfuß verdurste, also heißt er Schnellfuß. Sonst war er nicht zu sprechen, fiel immer aus einer Ohnmacht in die andere. Mit was brennt ihr denn hier die Lampen? Mit Öl oder mit Petroleum? Sind verdammt hell."

„Das sind elektrische Lampen."

„Aha, dacht' ich's mir doch gleich", meinte der Trapper bedächtig und rieb sich mit dem Zeigefinger die Nase, „hm, ich hatte als Kind auch eine Elektrisiermaschine … sie ging aber immer nicht … und … eine elektrische Klingel hatten wir auch … die ging aber noch viel weniger. Da war das wohl auch eine elektrische Karre, die mir auf den Schienen begegnete?"

„Unsere Briefpost nach Stocktown."

„Aha, dacht' ich's mir doch gleich … nur keinen Aberglauben. Ja, da habe ich den Burschen so ziemlich sieben Stunden getragen, bis ich endlich an das eiserne Tor kam. Ob der Indianer am Leben bleibt?"

„Frank, frage den Arzt."

Der kräftige, schlanke Knabe mit der hohen Stirn und den blitzenden, blauen Augen ging an einen Apparat, der einige Ähnlichkeit mit unserem Telefon hatte, und sprach hinein.

„Wie heißt der?“ schrie der Trapper plötzlich.

„Frank. Es ist mein Sohn.“

„Donner und Doria!“ und der Waldläufer klatschte auf seine Schenkel. „Da ist es ja der andere!“

„Was meinen Sie damit?“

„Hurra, frank und frei! Ich heiße nämlich Frei, Richard Frei.“

„Sie sind Deutscher?“

„Direkt aus Hamburg.“

Samuel Peters schüttelte ihm herzlich die Hand.

„Da sind wir ja sozusagen Landsleute. Mein Vater war ein geborener Hamburger und meine selige Frau auch eine Deutsche.“

„So ein Zusammentreffen, da soll man nun nicht an Aberglauben glauben ... aber ich tu’s doch nicht!“

Der Arzt kam herein, die Brillengläser putzend.

„Die Kugel ist heraus. Der Mann wäre bald an Entkräftung gestorben, er muss furchtbar lange gehungert und gedurstet haben. Jetzt ist er gerettet.“

„Aber ich noch nicht“, fiel Richard ein, „ich bin auch dem Verschmachtungstode näher als dem Ertrinken.“

„Frank, bewirte den Herrn, er ist unser Gast.“

Der Knabe führte den Trapper, und schon unterwegs bekam er wunderbare Dinge zu sehen, über die er sich keine Rechenschaft abgeben konnte.

Jede Tür ging wie von unsichtbarer Hand geöffnet von selbst auf, schloß sich wieder, jedes dunkle Zimmer erleuchtete sich, sobald man es betrat, es gab kein Fenster, und doch war überall frische Luft, alles überaus wohnlich eingerichtet.

„Ich zeige Ihnen alles, wenn Sie gegessen haben“, sagte der Knabe, in einem geräumigen Zimmer Halt machend, das aber nichts enthielt als Stühle, „was wollen Sie essen?“

„Möglichst viel und gut“, war die prompte Antwort.

„So setzen Sie sich dahin“, entgegnete Frank und sprach wieder in ein Telefon.

Richard saß auf einem Stuhle mitten in der Stube und blickte misstrauisch um sich. Wollten die ihn zum Narren haben? Zum Essen gehört doch mindestens ein Tisch, wenigstens wenn man sich in einem Hause befindet.

Es waren noch nicht zehn Minuten vergangen, als sich plötzlich vor ihnen der Boden öffnete, aber ehe noch der Erschrockene zurückspringen konnte, tauchte aus dem dunklen Loche schon ein mit Speisen und Getränken besetzter Tisch auf.

„Ah, ah, das lasse ich mir gefallen“, schmunzelte er, „das ist wohl das Tischlein deck dich? Wo bin ich nur eigentlich hier? Das ist ja das reine Zauberhaus.“

„In der Werkstatt meines Vaters, eines Ingenieurs, der hier eigene Erfindungen verwirklicht. Ein ganzer Berg ist ausgehöhlt worden. O, Sie sollen dann mehr sehen. Also Sie sind weit in der Welt herumgekommen?“

Während Richard wacker zulangte, erzählte er von seinen Abenteuerfahrten, und dann berichtete Frank, wie in nächster Zeit die Probefahrt mit einem elektrischen Wagen gemacht werden solle, wo er auch mitführe und ob er, Richard Frei, auch mitkäme, denn wenn er so viele Indianersprachen verstünde, könnte man ihn gerade gut gebrauchen.

„Wollen sehen“, meinte Richard, den letzten Bissen kauend, „gefahren bin ich früher auch, als Kind, im Kinderwagen, aber elektrisch war er nicht, geschoben musste er werden. Na, was gibst nun?“

Frank führte ihn herum, durch Zimmer und Arbeitssäle, wo Männer die größten und die kleinsten Maschinen bedienten, er zeigte ihm die Familienwohnungen und die Speisesäle, eine Bibliothek, wo Richard erstaunt meinte, er hätte gar nicht geglaubt, dass es überhaupt so viele Bücher auf der Welt gäbe. Aber alles ohne Fenster.

„Nein, hier hielt ich's keine zwei Tage aus, hier müsste ich trotz aller frischen Luft ersticken. Die Sonne will ich sehen, die Sterne, den grünen Wald."

„Den sollen Sie auch sehen."

Ein Fahrstuhl brachte sie eine Etage höher. Beim Passieren eines Felsenganges erschrak Richard fast vor dem donnernden Getöse, das neben ihm in der Wand erscholl.

„Das ist der unterirdische Wasserstrom, welcher all unsere Maschinerien, Elektrizitätswerke und Ventilatoren treibt, hier bildet er den Fall", erklärte Frank und öffnete eine Tür.

Schaudernd blickte der Trapper in einen krachenden und zischenden Abgrund. War er auch an großartige Naturspiele gewohnt, so etwas Grässliches hatte er noch nie gesehen.

Ein leichter Hebeldruck des Knaben genügte, und statt den Fall hinabzustürzen, floss der Strom friedlich einen anderen Lauf.

Er ging wieder in den Fahrstuhl, immer höher hinauf und mit einem freudigen Ah! stand Richard plötzlich unter Gottes freiem Himmel. Und wie herrlich war es hier oben! Ein Paradies. Das ganze ungeheure Felsplateau war in einen Wald und Garten verwandelt worden und in der Mitte befand sich ein großer See. Es gab keine Bergspitze, von der aus man höher hätte sehen können und Frank erklärte, wie dies alles künstlich von seinem ingeniösen Vater geschaffen worden sei. Gute Erde war von weit her hier herauf transportiert, Bäume und Sträucher gepflanzt worden, das Bassin des Sees hatte man erst gesprengt und gemeißelt, in fünf Minuten konnte er abgelassen und durch hydraulischen Druck wieder gefüllt werden.

Der einfache Trapper war vor Staunen außer sich.

Von des Tages Anstrengung erschöpft, begehrte er bald zu schlafen und eine Felsenhöhle ward ihm angewiesen, die zwar nicht so komfortabel wie ein Hotelzimmer eingerichtet war, dafür aber alle nur erdenklichen Bedürfnisse enthielt, die der Trapper nur zum geringsten Teile kannte.

Als Richard erwachte, wies die über der Tür befindliche Uhr auf 18; weil sie in 24 Stunden eingeteilt war, gab es hier weder Tag noch Nacht.

Ein Druck auf einen Knopf hatte Licht erzeugt, ein zweiter ließ nach einigen Minuten eine Klappe in der Wand fallen und in der Öffnung stand das Frühstück.

„Das lasse ich mir gefallen", rief Richard und sprang mit beiden Beinen zugleich aus dem Bett, „wenn ich ein reicher Mann wäre, so 1000 Taler Vermögen hätte, ließe ich mir auch so ein Haus bauen", und sich nachdenklich hinterm Ohr kratzend, setzte er hinzu: „es möchte doch nicht ganz reichen."

Auch die Einrichtung des Bades wollte er noch probieren, da aber kam schon Samuel Peters, der Meister. Der Indianer war zum Bewusstsein erwacht und hatte erzählt.

Die Crows hatten seinen Stamm, die Cocktaws, bei Nachtzeit hinterlistig überfallen, und was nicht niedergemacht worden, gefangen fortgeführt, hauptsächlich Frauen und Mädchen, darunter seine Schwester. Die Männer sollten gemartert werden, die Weiber blieben in den Wigwams der Feinde. Schon am Marterpfahl stehend, zu den Füßen die flackernden Gluten, war es Schnellfuß gelungen, sich zu befreien und die Flucht zu ergreifen. Indem er eine Waffe erbeutete, tötete er einen Verfolger nach dem andern, auch die beiden letzten, bei denen er, selbst verwundet, vor Erschöpfung zusammenbrach. Unter den getöteten Verfolgern sei auch der Häuptling.

„Ein braver Kerl", zollte Richard Beifall und griff schon nach der Büchse, „habt Ihr Männer? Ich meine wirkliche Männer, die mit einem Gewehre umgehen können. Der Tod des Häuptlings kann den Gefangenen das Leben retten. Nach der Flucht von Schnellfuß wurden die Martern unterbrochen, drei Tage vergehen, ehe der Häuptling begraben wird, und erst dabei werden die Gefangenen geopfert. Wir haben noch Zeit, sie zu befreien … auf alle Fälle sie zu rächen."

„Oder doch die Crows zu bestrafen. Kennen Sie in der Umgegend eine Fichte, die sich oben in zwei Stämme teilt?"

„Das ist die Doppelfichte, und ob ich sie kenne! In der Mitte hängt ein Eichbaum seine Zweige hinein."

„Das sagt auch Schnellfuß."

„Ich kenne jeden Baum, nur in dieser verdammten Steinwildnis weiß ich keinen Bescheid. Was ist damit?"

„Dort steht das Lager der Crows."

„Dann schnell hin. Wie weit ist es von hier?"

„Keine vier Stunden zu marschieren. Schnellfuß ist im Zickzack geflohen, Sie haben sich verlaufen."

„Habt Ihr Gewehre?"

„Meine Männer stehen schon bereit. Schnellfuß schätzt die Feinde auf 100 Köpfe, ich stelle zwar nur sechs …"

„O, wenn sie mit Gewehren umzugehen wissen und schon Pulver gerochen haben, genügt das auch."

Richard eilte zu dem Indianer, ihn um Näheres fragend, und eine Viertelstunde später rückte die kleine Schar aus, eben als die Sonne aufging.

Es waren nur sechs Mann in Arbeitsblusen und schweren Schuhen, an der Spitze ein Ingenieur, den Peters Mister Stephan nannte und dem er nochmals die Obhut seines Sohnes anvertraute, denn dieser ging mit.

Kopfschüttelnd und missmutig musterte Richard die kleine Schar, welche nicht aussah, als wollte sie gegen Indianer in den Kampf ziehen, sondern als wollte sie unter Leitung des Werkmeisters auf Arbeit gehen.

„Ja, nehmt ihr denn keine Waffen mit? Ich sehe ja nicht einmal ein Messer."

„Wir haben Waffen bei uns“, entgegnete Mister Stephan, ein noch junger Mann, dessen ganzes Äußere aber eiserne Energie verriet, „Freund, wir nehmen Euch als Kundschafter und eventuell als Dolmetscher mit, die Führung überlasst mir.“

„Wollen's abwarten, und Proviant?“

„Den wird's wohl im Indianerlager geben, wir wollen uns nicht unnötig belasten. Marsch!“

Der Zug setzte sich in Bewegung, brummend und noch immer kopfschüttelnd schloss sich Richard an, nicht einsehend, was diese Männer in Arbeitskitteln denn anders bei den Indianern wollten, als ihren Skalp verlieren.

Aber er dachte auch an das Innere des Zauberberges, was ihm alles gewaltigen Respekt eingeflößt hatte. Die wussten wohl, was sie taten und wollten.

Unterwegs unterhielt sich der Ingenieur lebhaft mit dem Trapper, vor allen Dingen wollte er wissen, was die Indianer täten, wenn sie solch einen unbewaffneten Trupp anrücken sähen.

„Das will ich Euch sagen. Entweder sie laufen alle davon, weil sie Euch für verrückt halten und weil sich die Indianer nicht an Wahnsinnigen vergreifen, oder sie überfallen Euch, binden Euch und braten Euch knusprig.“

„Werden sie nicht aus dem Hinterhalte ohne vorherige Warnung auf uns schießen?“

„Auf keinen Fall. So blutdürstig ist keine Rothaut, dass sie ein Blassgesicht nicht lieber am Marterpfahl schmoren sieht.“

„Und würde nicht ein einzelner auf uns schießen.“

„Der holt erst seine Sippschaft herbei.“

„Das wollte ich nur wissen.“

Nach zweistündigem Marsche verließ man das unwirtliche Felsenlabyrinth, es zeigte sich Vegetation, und gleich kannte sich der Trapper aus. Bis hierher hatte Ingenieur

Stephan als Führer gedient, ein Zeichen, dass er doch öfters den Zauberberg verließ und sich in der Umgegend orientierte.

Als man um einen Felsvorsprung bog, stieß man unerwartet mit einem großen Trupp von Rothäuten zusammen. Beide Teile machten Halt, die Wilden waren im ersten Augenblick verdutzt, hier unbewaffneten Weißen zu begegnen.

Sie gehörten dem kalifornischen Stamme an, welcher sich von allen nordamerikanischen Indianern durch Feigheit und Hinterlist auszeichnet, während man bei den anderen Stämmen ritterliche Tugenden nicht vermisst, z. B. Tapferkeit, Gastfreundschaft und Halten des einmal gegeben Wortes. Sie waren schlecht gekleidet und sahen verhungert aus, die Raublust blitzte aus ihren Augen, sie trugen Messer, Tomahawk, Pfeil und Bogen und nur wenige alte Feuersteinflinten.

„Jetzt haltet Eure Waffen bereit", flüsterte Richard, seine Büchse unbemerkt schussbereit machend, „seht nur, wie habgierig die uns beschielen. Für einen Schuhriemen schneiden die Euch die Kehle durch."

Aber die sechs Männer trafen keine Vorbereitungen zu ihrer Verteidigung, sie blickten nur auf Stephan, welcher einige Schritte vorgetreten war.

Auch die Indianer hatten leise Worte gewechselt. Sie konnten sich das furchtlose Verhalten der weißen Männer, wie sie so nahe noch keinen gesehen hatten, nicht erklären, jedenfalls vermuteten sie eine bewaffnete Macht hinter ihnen, sonst hätten sie sich schon längst auf sie gestürzt.

„Wer ist der Häuptling unter Euch?", fragte Stephan.

Ein federgeschmückter Krieger trat vor, größer und wohlgenährter als die anderen.

„Tausend Cheyennes folgen dem Kriegsruf der kriechenden Schlange", entgegnete er stolz in ziemlich geläufigem Englisch, „was haben die Blassgesichter in seinen Jagdgründen zu suchen?“

„Die kriechende Schlange wird uns erlauben, durch sein Gebiet zu ziehen.“

„Sind die Blassgesichter allein?“ war die lauernde Antwort.

„Der große Medizinmann im Zauberberg schickt uns aus und die kriechende Schlange mag sich dann Geschenke bei ihm holen.“

Offenbare Bestürzung entstand unter den Indianern, einige schienen Lust zu haben, gleich Reißaus zu nehmen, auch der Häuptling wollte bestürzt zurücktreten, beherrschte sich aber.

„Die Bleichgesichter sind Abgesandte des großen Medizinmannes, der dort im Berge wohnt?“, fragte er mit unsicherer Stimme.

„So ist es, und wenn wir zurückkehren, soll die kriechende Schlange mit uns kommen und Friedenskalumet mit ihm rauchen und Geschenke mitnehmen.“

„Der große Medizinmann ist ein mächtiger Zauberer.“

„Und wir sind seine Diener, die er ausschickt, mit Euch Freundschaft zu machen.“

„Wie wirkt seine Medizin?“

„Er hat den Blitz in seiner Hand und kann ihn senden, wohin er will.“

„Das Blassgesicht lügt!“

„Ich will es Dir beweisen, gib mir Deine Hand.“

Als Stephan seine beiden Hände ausstreckte, sprang der Häuptling doch erschrocken einen Schritt zurück.

„Glaubt mein Bruder, ich will ihn töten, wo ich doch sein Freund sein möchte? Oder fürchtet sich der tapfere Häuptling der Cheyennes?“

Mit einem trotzigen Entschluss trat der Häuptling wieder heran, die Hand ausstreckend. Angesichts seiner Krieger durfte er keine Feigheit zeigen, und wenn es auch in den Tod ging.

Stephan ergriff die gebotene Hand mit der einen und legte die andere auf die nackte Schulter des Indianers. In demselben Augenblick stieß dieser ein furchtbares Gebrüll aus, brach in die Knie zusammen und krümmte sich wie ein Wurm.

Es währte nur einen Moment, dann ließ ihn Stephan los, der Häuptling raffte sich auf, stürzte zurück und riss die anderen mit sich fort.

„Der große Medizinmann ... der Zauberer vom Berg", heulte es im Chor, sie vernahmen noch ein donnerndes Krachen hinter sich und waren im Nu verschwunden. Das helle Gelächter von Frank folgte ihnen.

Stephan hatte mit der flachen Hand auf die Felswand geschlagen, dies hatte einen Donnerschlag erzeugt.

In sprachlosem Erstaunen, ja in Entsetzen stand Richard da.

„Habt Ihr denn wirklich Blitz und Donner in Euren Händen?" ächzte er.

„Jeder von uns", lachte Frank, „und wenn Sie damit umzugehen wissen, sollen Sie ihn auch bekommen."

Dabei hatte er schnell beide Hände des Trappers ergriffen, und jetzt benahm sich dieser ebenso wie der Indianer vorhin, er fiel auf die Knie und bat um Erbarmen. Er fühlte einen prickelnden Strom durch den ganzen Körper gehen, der ihm alle Sehnen und Flechsen zusammenzog.

„Noch stärker?", fragte Frank. „Sie brauchen's bloß zu sagen."

„Halt ... Stopp ... ich ... ich ... kann nicht mehr", heulte Richard.

Frank ließ ihn los, das unbeschreibliche Gefühl war zwar augenblicklich verschwunden, Richard konnte sich aber vor Schreck noch nicht erheben.

„Und das ist der nachfolgende Donner“, lachte Frank, schlug ihm nur leise auf den Rücken, ein furchtbares Krachen, und der Trapper fiel platt auf die Nase, so liegen bleibend.

„Stehen Sie doch auf, es fehlt Ihnen ja gar nichts, oder tut Ihnen etwas weh?“

Langsam erhob sich Richard und befühlte seine Glieder.

„Ne…ne …weh tut mir gerade nichts…aber solche Späße möchte ich mir für die Zukunft doch ernstlich verbitten“, sagte er mit kläglicher Miene, „und da soll man nun nicht an Aberglauben glauben? Wie macht Ihr denn das eigentlich?“

„Wir haben jeder eine elektrische Batterie in der Tasche ... und noch anderes.“

„Und der Donner?“

Frank zeigte ihm eine Art von Armband, das er um das Handgelenk trug.

„Hier wird eine Platzpatrone eingeschoben, ganz unschuldig, aber krachen tut sie fürchterlich.“

Stephan ermahnte zur Eile, es handelte sich darum, die Gefangenen vor dem Tode zu bewahren.

„Wir wollen den Indianern vorläufig nur Respekt beibringen“, erklärte Frank unterwegs dem Trapper, „und wenn sie nicht hören, da läuft es nicht mehr unschuldig ab, wir haben auch noch andere Mittel bei uns. In nächster Zeit soll ich durch ganz Amerika fahren, in einem elektrischen Wagen, den ich selber führe, Mister Stephan und Jupiter begleiten mich nur, zwei Personen fehlen aber noch zur Bedienung. Wissen Sie, Mister Frei, da Sie so viele Indianersprachen kennen, wie die Sitten unter den Rothäuten, wie wäre es, wenn Sie mich begleiten?“

„Frank und Frei, wir passten zusammen. Will’s mir überlegen.“

Nach nochmals zweistündigem Marsche erreichten sie ein offenes Thal und bald sah man auch den Rauch von Lagerfeuern aufsteigen.

Der Kriegsplan war schon verabredet. Er war sehr einfach. Richard sollte als Kundschafter vorausgehen und eine Vermittlung einleiten, und war er innerhalb einer Stunde nicht zurück, so ging die ganze Truppe vor und griff eventuell an.

Ingenieur Frank suchte mit seinen Leuten ein passendes Versteck aus, von wo aus er das zwischen Bäumen befindliche Lager im Auge behalten konnte, und Richard ging ab, direkt auf die Feuer zu.

Noch gestern hatte im Lager der Crows die unbändigste Freude geherrscht. Die Flucht von Schnellfuß hatte die Freude in Schmerz und Zorn verwandelt.

Sechs tapfere Krieger hatte er allein getötet, indem er sie während der Flucht immer einzeln in einen Hinterhalt lockte und sie dann jählings überfiel, und darunter war der Häuptling, der graue Bär, der noch von keinem Feinde besiegt worden war.

Vier abgehauene Baumstämme waren in den Boden gerammt, eine Büffeldecke darüber gespannt, und auf dieser lag die Leiche des grauen Bären aufgebahrt.

Unten tanzte der mit seltsamem Schmuck behängte Medizinmann des Stammes in grotesken Sprüngen, die Männer saßen im Kreise und heulten monotone Lieder, ab und zu stand ein angesehener Krieger auf und pries mit überschwänglichen Worten die Tugenden des Ermordeten.

Nach einer gewissen Zeit wurde dann der neue Häuptling gewählt, welcher das Martern der Gefangenen zu Ehren des Begräbnisses anordnete.

Die Gefangenen standen noch immer aufrecht gebunden an den Baumstämmen, schon länger als 48 Stunden.

Wenn der Schlaf sie befiel, mussten sie in ihren Banden hängen, die tief ins Fleisch schnitten.

Als Schnellfuß geflohen war, hatte man den schon zu ihren Füßen flackernden Brand gelöscht. Erst waren es nur Mannen gewesen, die man hatte martern wollen, Frauen und Mädchen sollten als Sklavinnen unter den Crows bleiben, wodurch ihre Squaws Erleichterung bekamen, den der Indianer arbeitet ja nicht, er überlässt die schwere Arbeit den Frauen, die leichte, häusliche, den Mädchen.

Jetzt standen auch alle Frauen und Mädchen der Cocktaws an Pfählen gebunden und die Weiber der Erschlagenen ließen ihnen und den Männern alle nur denkbare Schmach angedeihen, schlugen sie mit Fäusten, rissen ihnen die Haare aus, spien sie an und beschimpften sie, ihnen schon jetzt die Kleider vom Leibe reißend.

Wachen waren bei ihnen postiert, um zu verhindern, dass sie von den wütenden Megären nicht schon jetzt zerfleischt wurden.

Die Gefangenen wussten, was ihrer wartete.

Stoisch blickten sie vor sich hin, kein Laut kam über ihre Lippen; galt es doch zu zeigen, wie sehr sie die feigen Crows verachteten. Auch die Frauen betrugen sich so.

Ein lautes Triumphgeheul erscholl, das Singen der Indianer brach ab. Wachen brachten einen weißen Mann geführt.

Einer ging in den Kreis der Krieger und stattete Bericht ab. Nach kurzer Beratung erhob sich ein Indianer, dessen Gesicht ganz blau bemalt war, und winkte, den Mann zu ihm zu führen.

„Hugh! Dradly Deasch – der tötende Blitz“, murmelte es im Kreis.

Sie hatten Richard erkannt, der vor Jahren einmal friedlich unter ihnen geweilt hatte.

„Was will Dradly Deasch an den Feuern der Crows?" begann der Sprecher finster.

„Mich schickt der große Medizinmann. Gehe hin zu den Crows, welche ich als tapfere Krieger kenne, sagte er zu mir, und frage sie, ob ich ihr Freund oder ihr Feind sein soll."

„Er ist als Freund uns willkommen. Warum sollte er unser Feind sein?"

„Wenn der große Medizinmann Euer Freund ist, so sollt Ihr die gefangenen Cocktaws freigeben, welche er ebenso liebt wie Euch, denn auch sie sind Kinder des großen Geistes."

Einen Augenblick herrschte Stille, dann erhob sich ein Sturm der Entrüstung.

„Der große Medizinmann ist ein Narr, sage ihm das", donnerte der blaue Biber den Trapper an, „die Cocktaws sterben."

„So ist der Medizinmann Euer Feind."

„Wir fürchten ihn nicht."

Richard hob plötzlich seine Büchse und drückte sie ab, die Indianer stürzten über ihn her, entwaffneten ihn, schleppten ihn nach einem noch leeren Baumstamme und fesselten ihn dort.

„Elende Feiglinge", schrie Richard, „so halten die Crows die Freundschaft mit dem, der mit ihnen die Friedenspfeife geraucht hat? Pfui, die Crows haben eine doppelte Zunge."

„Drei Sommer sind verflossen, seit Dradly Deasch unsere Wigwams gemieden hat, und er kommt als Feind zu uns, denn er fordert von uns, wir sollen die Cocktaws freigeben, er will uns damit beschimpfen. Doch seinen Tod wollen wir nicht, er soll zusehen, wie die Crows ihre gefangenen Feinde töten und das soll er dann seinem Medizinmann erzählen."

„Wehe Euch, Ihr Crows, er wird über Euch kommen und Euch mit seinem Blitz zerschmettern."

„Die Crows sind Männer, sie zittern nicht vor Donner und Blitz."

„So fahrt zur Hölle!", schrie Richard.

Der Schuss und der Lärm im Lager hatte die Wachtposten herbeigelockt, nun stand unvermutet zwischen den Indianern ein weißer Mann, der einen schönen, schlanken Knaben zur Seite hatte.

Die Crows erstarrten plötzlich zu Statuen, scheu schweiften ihre Augen umher, mehr Blassgesichter in der Nähe suchend.

Sie sammelten sich erst wieder, als sie bemerkten, dass die beiden völlig unbewaffnet waren.

„Warum schleichen sich die Bleichgesichter ins Lager der Crows ein?", fragte der blaue Biber herrisch.

„Ich sehe, Ihr habt den Abgesandten des großen Medizinmannes gefangen genommen", begann Stephan, „jetzt kommt sein Sohn, Euch nochmals zu fragen, ob Ihr Krieg oder Frieden haben wollt."

„Was haben wir mit Euch zu tun?" war die finstere Antwort.

„Sprich, Häuptling", sagte Frank mit heller Stimme, „im Namen meines Vaters frage ich Euch, ob Ihr die Gefangenen freigeben wollt oder nicht."

„Was spricht der Knabe?", lächelte trotzig der blaue Biber. Und listig fügte er hinzu: „Das ist also der Sohn des großen Medizinmannes?"

„Ich bin sein Sohn und auch ich …"

„Dann wollen wir tauschen!", rief der blaue Biber und warf sich auf den Knaben, um ihn gefangen zu nehmen.

Hinter seinem Rücken hatte er mit der Hand schon ein Zeichen gemacht, gleichzeitig stürzten sich die umstehenden Indianer auf Stephan.

Sie hatten die Rechnung ohne den Wirt gemacht.

„Nun ist es genug", rief der Ingenieur mit weithin schallender Stimme, „Feuer, keine Schonung mehr!"

Richard sah, wie Stephans Hand dem nächsten Indianer vor die Brust schlug, unter einem Feuerstrom brach der Getroffene zusammen, der blaue Biber wälzte sich schon in Zuckungen und unter einem furchtbaren Geheul am Boden, links und rechts stürzten die Indianer zu Boden, wirklich wie vom Blitz getroffen, obgleich sie nicht berührt wurden, auch keine Schüsse fielen.

Was die noch stehenden Indianer sahen, genügte, um die übrigen davonstürmen zu lassen.

Noch immer stürzten einige von ihnen während des Laufens zu Boden und blieben liegen.

Da bemerkte Richard die sechs Arbeiter, die aus einem Dickicht hervortraten und kleine Gegenstände in den Händen hielten, ähnlich geformt wie Pistolen und doch wieder ganz anders. Waren das die Waffen, aus denen sie lautlos geschossen hatten?

Der blaue Biber lag leblos da.

„Er ist nicht tot", sagte Frank, „ich habe ihn wenigstens nicht getötet."

„Es schadet nichts, wenn auch er eine Kugel erhält", meinte der Ingenieur.

Da plötzlich schnellte der blaue Biber auf und war mit einigen Sätzen im Gebüsch verschwunden.

„Laßt ihn laufen, der hat seine Lektion weg und kommt nicht wieder."

Zuerst wurde Richard befreit, dann wandte man sich an die Gefangenen und durchschnitt ihre Banden. Deren Entsetzen war nicht geringer als das der Crows.

Erst als man sagte, dass Schnellfuß den großen Medizinmann getroffen und ihn gebeten habe, seine Stammesgenossen zu retten, beruhigten sie sich.

Nur eine zeigte wirklich Freude, das war ein junges Mädchen, Schnellfuß' Schwester, als sie hörte, dass der Bruder gerettet worden war.

An einen Rückmarsch war heute nicht mehr zu denken. Die Crows besitzen keine Pferde, man musste ihn zu Fuß antreten, und vor der Hand konnte man die Befreiten auch noch nicht sich selbst überlassen, denn sie vermochten kein Glied zu rühren. Nur ein Mann brach auf, dem alten Peters Mitteilung von dem glücklichen Gelingen zu machen. Die übrigen richteten sich häuslich in den Wigwams ein.

Richard untersuchte die Gefallenen; sie waren tot, mausetot und dennoch konnte er nicht die geringste Verletzung an ihnen finden. Er rief Frank herbei.

„Nun soll man nicht an Hexerei glauben! Womit schießt Ihr denn eigentlich?"

„Ebenfalls mit Elektrizität, also wirklich mit Blitzen. Sehen Sie hier den roten Punkt in der Backe des Indianers? Da hat ihn die kleine Glaskugel getroffen, die mit aufgespeicherter Elektrizität geladen ist. Die Kugel selbst zerplatzt, Sie würden nichts mehr von ihr finden. Woran sie aber zerplatzt, das wird wie vom Blitz getroffen. Verstehen Sie das?"

„Ja ... so ist es ... ja wohl ... ich verstehe es zwar nicht im geringsten, aber ich dachte mir doch gleich, dass es so ist. Und womit wird denn geschossen? Mit Pulver?"

Frank zeigte ihm das kleine Instrument, vorn wie eine Kinderpistole, hinten aber mit einem dicken Kolben.

„Mit komprimierter Luft, die hier hinten eingepumpt ist, und hier vorn liegen die elektrischen Kugeln, dreißig Stück und dreißigmal kann man auch damit schießen, so lange reicht die Luft aus."

Vorsichtig trat der Trapper zur Seite.

„Also mit kom...konpi...kopierter Luft wird daraus geschossen ... ja ja ... dachte es mir doch gleich, dass da kopierte Luft drin steckte ..."

„Komprimierte, zusammengepresste Luft."

„Weiß schon, wusste es gleich... hm ... wie weit geht denn so ein... halt, fasst mich nicht an, ich fürchte mich zwar nicht, bin aber verflucht kitzlich. Wie weit geht denn diese kom... kom... Luft?"

„Diese Pistole trägt so weit, wie jedes moderne Gewehr, und sicherer, denn die Kugel steigt nicht."

„Und der Mann ist allemal gleich tot?"

„Stets."

„Hm, das dachte ich mir auch gleich. Da muss Euer Vater solche Pistolen an Länder liefern, an Soldaten ...."

„Nein, das tut er nicht; fragt ihn selber, warum nicht. Er bedarf dieser Waffen zu seinem Schutz, aber diese Erfindung, die patentiert ist, verkaufen, das würde er niemals. Sie wäre zu mörderisch. Wir haben auch solche Gewehre."

„Wisst, Frank, jetzt komm' ich auf Euren elektrischen Wagen mit. Da muss man ja sicher wie in Abrahams Schoße darauf sein."

„Man muss auch mit Zufällen rechnen. Wenn die Batterie einmal versagt, oder gar, wenn der Wagen etwa gestohlen würde ..."

„Nanu, wer sollte denn den Wagen stehlen?"

„Es gibt Leute, die gern wissen möchten, was dahinter steckt. Deshalb soll einer mit, welcher sich auch ohne solche Apparate durchhelfen kann, ich meine in der Wildnis. Oder hätten Sie gezögert, die Gefangenen zu befreien, wenn Sie sechs entschlossene Männer hinter sich gehabt hätten, nur mit Feuerwaffen versehen?"

„Allein sogar."

„Sehen Sie, dann könnte ich Sie gut gebrauchen."

„Gut, ich komme mit, hier meine Hand darauf."

Am andern Morgen brachen die Bleichgesichter auf. Nur die Schwester von Schnellfuß schloss sich ihnen an. Ohne Abenteuer erreichte man den Zauberberg.

Einige Tage darauf jedoch trafen die Häuptlinge der benachbarten Stämme ein, dem großen Medizinmann im Zauberberg ihre Geschenke und Ehrfurcht zu bringen und verließen reich beschenkt den Berg.

Frank aber konnte, begleitet von Stephan, Jupiter, Richard und Schnellfuß, ruhig seine Reise antreten, ohne fürchten zu müssen, in den benachbarten Indianern Feinde zu finden.

Der Ruf des kleinen Medizinmannes hatte sich schon weit verbreitet

Das Seegespenst

Ich kam von langer Reise, die ich als zweiter Steuermann gemacht, nach Hamburg zurück. Das ganze Schiff wurde abgemustert. Ich ließ mich auf dem Seemannsamt als heuersuchender Offizier einschreiben und fuhr inzwischen nach der fernen Heimat. Freilich hatte ich wenig Aussicht, auf diese Weise eine neue Heuer zu bekommen.

Schon nach wenigen Tagen aber erhielt ich ein Telegramm, das mich nicht wenig in Erstaunen versetzte: „Willst du als Erster bei mir fahren? Sofort her! Paul Müller, Kapitän der Portland, Liverpool. Zurzeit Hamburg."

Ich war sprachlos. Mein Freund Paul Kapitän eines englischen Dampfers? Und zwar, wie mir das mitgenommene Schiffsregister sagte, eines von sechstausend Tonnen?

Wir waren zusammen als Schiffsjungen und als Matrosen gefahren, sechs Jahre lang, hatten zusammen die Steuermannsschule besucht, dann erst waren wir getrennt worden. Mir gelang es, auf einem Segler als zweiter Offizier anzukommen, und als ich zwei Jahre später wieder etwas von Paul hörte, war er zuletzt noch immer als Matrose gefahren. Wie viele haben das Steuermannspatent in der Tasche und müssen noch als Matrose vor dem Mast fahren!

Ich hatte unterdessen ja auch schon mein Kapitänsexamen gemacht und war immer wieder froh, wenn ich als zweiter Steuermann ankam.

Fünf Jahre waren seit unserer Trennung verflossen. Vor zwei Jahren also war Paul noch Matrose gewesen. Seitdem hatte ich nichts wieder von ihm gehört. Und jetzt war er

Kapitän eines großen englischen Dampfers? Der hatte ja höllisch fix vorwärts gemacht!

Ich fuhr sofort nach Hamburg. Es war richtig mein alter Freund Paul. Erst siebenundzwanzig Jahre alt, aber ein ganzer Mann. Vor drei Jahren war es ihm gelungen, zum ersten Male eine Stelle als zweiter Steuermann zu bekommen. Auf einem englischen Dampfer war es. Der Kapitän war Mitbesitzer des Schiffes, ja der ganzen Reederei, die gar viele Schiffe fahren ließ. Und er wurde auf seinen Fahrten beständig von seiner Tochter begleitet, die sogar an Bord geboren und erzogen worden war.

Dieses Mädchen verliebte sich in den deutschen Steuermann. Nach der Rückkehr in Liverpool wurde gleich Hochzeit gemacht. Die Heirat durfte an ihrem Leben nichts ändern. Das Schiff sollte ihre Heimat bleiben, sie wollte, wie bisher ihren Vater, nun ihren Mann begleiten.

Aber ihr Gatte sollte nicht unter anderem Kommando stehen. Die inzwischen mündig gewordene Eveline hatte, da sie durch die verstorbene Mutter Mitbesitzerin der Reederei geworden war, auch ein gar gewichtiges Wort zu sagen. Ihr Mann sollte Kapitän werden. Zwar hatte er hierfür noch nicht die genügende Fahrzeit als Steuermann, aber das ließ sich schon machen. So war es gekommen, dass Paul im Handumdrehen Kapitän geworden war. Und er bewährte sich. Man hätte gar nicht erst den Versuch mit einem kleinen Dampfer zu machen brauchen. Ob groß oder klein, das ist ja überhaupt ganz gleich. Mancher Küstenschiffer hat mehr im kleinen Finger als mancher Offizier des größten Passagierdampfers im Kopfe.

Diese ideale Ehe, die im buchstäblichen Sinn des Wortes Mann und Weib in Sonnenschein und Regensturm, in Freud und Leid vereinte, sollte leider nicht lange währen.

„Nur ein Jahr dauerte sie“, sagte Paul finster. „Sie fand ihren Tod …“

„Ihren Tod … gefunden?“, wiederholte ich erstaunt.

„Eine Sturzsee wusch sie über Bord … auf der Höhe von Trinidad.“

Mehr erfuhr ich nicht. Wir hatten es auch sehr eilig. Der erste Steuermann hatte den Arm gebrochen. Ich kam an seine Stelle, hatte bei der Übernahme der letzten Fracht alle Hände voll zu tun und alle Gedanken zusammenzunehmen.

Wir fuhren nach Lissabon. Während der achttägigen Fahrt kam es zu keiner weiteren Aussprache. Zwischen dem Kapitän und der ganzen übrigen Besatzung, die Offiziere mit einbegriffen, ist ja überhaupt eine unübersteigbare Schranke gezogen. Der Kapitän auch des kleinsten Schiffes nimmt eine abgesonderter Stellung ein als der Kaiser von Japan in seinem Reiche. Er isst allein, hält sich auch sonst immer allein, jede vertrauliche Annäherung zwischen Kapitän und Steuermann ist an Bord des Schiffes vollkommen ausgeschlossen.

Nun allerdings kann es ja, wie überall, auch hier einmal eine Ausnahme geben. Nur nicht im Dienst. Aber wenn ich von der Freiwache war, hätte der Kapitän mich schon einmal in die Kajüte rufen können, um ein Stündchen freundschaftlich mit mir zu plaudern. Doch hierzu war keine Zeit. Wenigstens der Kapitän hatte sie nicht. Immer schlechtes Wetter, immer Nebel, dabei die auf eigene Rechnung gehende Fracht sehr gefährlich – Düngersalze! Deshalb war er nur ganz schwach versichert, sonst wäre kein Verdienst dabei gewesen, beim kleinsten Leck wäre das Schiff wie ein vollgesaugter Schwamm weggesackt. Paul kam nicht von der Kommandobrücke, nicht aus den Stiefeln, schlief nur am Tage wenige Stunden im Kartenhaus auf dem Sofa. Nein, da war keine Zeit zu Privatunterhaltungen.

Glücklich erreichten wir Lissabon. Noch vor dem Einlaufen in den Hafen brachte ein Dampfboot den kaufmännischen Vertreter der Reederei an Bord, der neue Dispositionen gab. Die Fracht sollte nicht in Lissabon gelöscht werden, sondern aus irgendeinem Grunde in Collare, an der Westküste der großen Landzunge gelegen, welche die Bucht von Lissabon einschließt.

Wir dampften in wenigen Stunden hin, der kleine Hafen konnte uns wohl aufnehmen, aber nicht sogleich, denn die Einfahrt ist sehr ungünstig, für tiefgehende Schiffe viel zu seicht. Wir mussten die Flut abwarten, die erst in vier Stunden eintrat.

So gingen wir auf der Reede vor Anker. Als das Manöver unter meinem Kommando beendet war, ging Paul selbst noch einmal nach der Back, wo die Ankerkette ausgesteckt war, und blickte über die Bordwand.

Mit einem Male fuhr er zurück, und ich sah, wie sein Gesicht ganz blass wurde.

„Mein Trauring! Und heute ist Evelinens Todestag!"

Der Goldreif war ihm, als er die Hand über Bord gehalten, vom Finger gefallen. Er mochte schon immer lose gesessen haben, und während der letzten so aufreibenden Tage war Paul wirklich ganz merklich abgemagert.

Also heute vor einem Jahre war seine unglückliche Gattin über Bord gespült worden. Merkwürdiger Zufall!

„Klar den Taucherapparat!", sagte Paul ganz ruhig und ging in die Kajüte, um sich darauf vorzubereiten. Er wollte selbst tauchen. Er musste es wohl gelernt haben. Denn gelernt will das sein. Das weiß jeder, der es einmal probiert hat. Ich habe mich des Spaßes halber einmal in den Gummianzug stecken und mir den Helm aufschrauben lassen, bin aber nur bis in eine Tiefe von vier Meter gekommen. Da hatte ich schon genug.

Das Sausen in den Ohren wurde zu grässlich. Und hier betrug die Tiefe vierzehn Meter. Einen Menschen, der noch nie getaucht hat, in solch eine Tiefe hinabzuschicken, so einfach sonst auch alles ist, ist eine Unmöglichkeit. Ganz langsam nach und nach muss man sich an den Wasserdruck gewöhnen, der das furchtbare Ohrensausen erzeugt.

Unten musste der Ring leicht zu finden sein. Es war fester, weißer Muschelkalkboden, der Ring musste gleich neben dem Anker liegen, dessen Kette bei dem jetzt herrschenden Stauwasser fast lotrecht hinablief.

Die Taucherpumpe und alles, was dazugehörte, wurde an Deck gebracht. Dabei stellte es sich so im Gespräch heraus, dass noch kein einziger der ganzen Mannschaft getaucht hatte. Es war eine in Liverpool ganz neu angemusterte Besatzung. Einige wussten wohl, dass des Kapitäns junge Gattin voriges Jahr über Bord gespült worden war, aber sonst auch nichts weiter, so wenig wie ich.

Der Kapitän kam, brachte alles in Ordnung und instruierte uns über die Handhabung der Pumpe. Alles übrige war einfach genug. Wenn der Himmel es nicht anders wollte, konnte trotz unserer sonstigen Unkenntnis gar nichts passieren. Auch ein Telefon war vorhanden, so dass die Signalleine ganz überflüssig gewesen wäre. Die Lampe wurde elektrisch gespeist, wir hatten zur Beleuchtung des ganzen Schiffes eine Dynamomaschine, die Akkumulatoren lieferten noch genug Strom.

Erst wurde eine Prüfung außerhalb des Wassers vorgenommen. Alles funktionierte tadellos. Dann ging der Kapitän mit aufgeschraubtem Helm am Fallreep hinab, langsam sahen wir ihn untersinken, bis er in etwa drei Meter Tiefe unseren Blicken entschwunden war.

Zehn, elf, zwölf Meter wurden von Schlauch und Sicherheitsleine ausgesteckt. Jetzt musste er unten sein, und das den Druck anzeigende Manometer sagte dasselbe.

„Noch etwas nachgeben!“ meldete das Telefon.

Wir gaben noch einen Meter Schlauch und Leine nach.

Fünf Minuten vergingen. Regelmäßig hoben und senkten sich die Pumpenschwengel.

„Auf … auf!“, schrie es da mit heiserer Stimme aus dem Telefon, und zugleich ward der Schlauch dem ihn haltenden Matrosen fast aus der Hand gerissen.

Schnell holten wir die Sicherheitsleine ein, aber noch schneller arbeitete sich der Taucher Hand über Hand an dem Schlauche empor. Mit auffallender Hast griff der Kapitän nach den Sprossen des Fallreeps, konnte nicht schnell genug die bleibewehrten Füße daraufsetzen, glitt ab, stürzte noch einmal ins Wasser, dann benahm er sich noch kopfloser – kurz, wir sahen sofort, dass ihm etwas passiert war. Entweder unten auf dem Meeresboden oder im Innern des Helms war etwas nicht in Ordnung, vielleicht bekam er keine Luft, wenn auch bei uns hier oben alles richtig funktionierte.

Das Abschrauben des Helmes erschwerte er uns dadurch, weil er ihn sich vom Kopfe reißen wollte, als wenn das möglich gewesen wäre.

Endlich kam sein Gesicht zum Vorschein – ein fahles, vor Todesangst ganz verzerrtes Gesicht.

„Um Gottes Willen, Kapitän, was ist Euch?“

Er gab keine Aufklärung, es war auch töricht, sie jetzt von ihm zu verlangen. Er stürzte davon, soweit ihm die schweren Bleisohlen ein Gehen erlaubten, glitt aus, schlug hin, raffte sich auf und verschwand in der Kajüte.

Ich lief ihm nach.

„Hinaus, hinaus, lasst mich allein!“

Ich musste gehorchen.

Zehn Minuten später wurde ich vom Steward in die Kajüte gerufen. Paul hatte sich unterdessen des Taucherkostüms vollends entledigt, stürzte soeben ein großes Glas Selters mit Kognak hinab, sein Gesicht war nicht mehr so verzerrt, aber noch fahl genug.

„Robert ... ich muss zu einem Menschen sprechen. Glaubst du ... an Gespenster? Glaubst du, dass Tote wiederkommen?“

Er stieß es hervor, noch immer in furchtbarer Aufregung.

„Nein!“ entgegnete ich mit größter Bestimmtheit.

„Ich ja auch nicht. Und doch ... ich habe sie gesehen dort unten ... Eveline, meine Frau. Und sie winkte mir ... winkte mir!“

Er setzte sich an den Tisch und starrte vor sich hin.

Dann beherrschte er sich und erzählte ganz ruhig.

Unten angekommen, hatte er eben in der Nähe des Ankers den Meeresboden abgeleuchtet. Der Blendstrahl drang etwa drei Meter durchs Wasser. Er konnte den Ring nicht erblicken.

„Ich war einmal niedergekniet, richtete mich wieder auf, drehte mich um, und da ... da sehe ich drei Meter von mir entfernt ein Weib stehen, von einem grünen Schleier umflossen, so wie sich auch Eveline immer zu kleiden liebte, wenn sie zu ihrem Vergnügen eine Seenixe darstellte, was sie öfters zu tun liebte. Aber auch ihre Haare, die im Wasser hin und her schwebten, sind jetzt ganz grün. So steht sie aufrecht da ... und es ist Eveline, wie sie leibt und lebt. Ich erkenne jeden Zug in ihrem weißen Gesicht, und sie winkt mir mit der erhobenen Hand, winkt mir ...“

Wenn er daran glaubte, so war seine wieder ausbrechende furchtbare Aufregung begreiflich.

Ich blieb möglichst kühl. „Wie lange hast du sie beobachtet?“

„Ich weiß nicht.“

„Und dann verschwand sie?“

„Dann schrie ich ins Telefon, floh nach oben, und als sie nicht mehr von dem Lichtstrahl getroffen wurde, musste sie ja verschwinden.“

„Du hattest sie wirklich im Lichtschein deiner Laterne?“

„Ganz deutlich!“

„Du hast natürlich nur eine Vision gehabt. Du hast während dieser acht Tage so wenig geschlafen, musst ja total erschöpft sein. Und dann ... sagtest du nicht, dass heute der Todestag deiner Frau sei?“

„Heute vor einem Jahre war's ... ja“, murmelte er. „Natürlich, es war nur eine Vision. Aber dieses seltsame Zusammentreffen! Ich habe mein leichtsinnig gegebenes Wort, einen Schwur gebrochen.“

„Was für einen Schwur?“, fragte ich gespannt.

„Ach, Robert, meine Ehe war keine so glückliche, wie sie hätte sein können. Weißt du, sie war ja ein gutes Mädchen und wurde eine gute Frau, aber voller Launen war sie, phantastisch im höchsten Grade. Sie war an Bord geboren, an Bord groß geworden, sie hielt das Schiff oder vielmehr das Meer für ihre wahre Heimat, fühlte sich gewissermaßen Seenixe. Sie ließ sich, gerade wenn die ärgsten Sturzseen überkamen, oft an den Mast festbinden in der Nacht, wenn das Wasser phosphoreszierte, und da sang und deklamierte sie, da war sie die Meerkönigin. Es war ja Spielerei, aber sie nahm es für Ernst. Sie behauptete, sobald sie einen Fuß an Land setze, müsse sie sterben. Sie hat auch tatsächlich nie festes Land betreten. Auch unsere Hochzeit fand an Bord statt. Und nun noch eine ganze Masse solcher Schrullen. Ich habe einen Mann gekannt, der hatte eine hübsche, junge Frau ... sonst ganz vernünftig, nur sehr rührselig ... die kannte kein größeres Vergnügen, als von ihrem einstmaligen Leichenbegängnis zu sprechen, alles so recht schön auszumalen, wie Eltern und Verwandte weinend am Grabhügel stehen, wenn sich ihr Sarg hinabsenkt ... sie bedauerte nur, dass sie dann nicht selber mit dabeistehen und weinen konnte. Schrecklich, solch eine Frau! So ein Mann ist zu bedauern. Und meine Eveline hatte ganz genau dieselbe Manie. Nur in einem anderen Genre. So in jugendlicher Schönheit dahinsterben ... natürlich auf oder im Meere ... so im Meere dahinschweben bis in alle Ewigkeit, unsterblich im Fleische, zum Meerweibe geworden ... das musste doch herrlich sein! Und dann sagte sie jedes Mal: ‚Und nicht wahr, Paul, wenn ich tot bin, mein Grab im Meere gefunden habe ... aber nicht etwa in Segeltuch genäht und auf ein Brett genagelt und mit einem Kohlensack beschwert ... dann folgst du mir nach? Nicht wahr, du wirst ohne mich nicht mehr leben können? Du stürzest dich mir nach. Bringst nur noch das Schiff nach dem nächsten Hafen, dann folgst du mir nach, auf dass wir vereint im herrlichen Meere umherschweben können als freie Seegeister. Nicht wahr, Paul, das tust du?‘ Und da ließ sie, noch als meine Braut, nicht locker, ich musste ihr mein Wort geben, musste es ihr zuschwören ...“

„Und das tatest du?“, fragte ich erschrocken.

„Was tut man nicht als verliebter Mensch. Sie ließ nicht locker, bis ich ihr lachend das Versprechen gab. Sie wollte es ernst genommen haben, ich sollte schwören. Ich tat ihr den Gefallen. Ich wollte sie mir schon noch erziehen, wenn sie nur erst meine Frau war. Aber es gelang mir nicht. Eine gute, herzige Frau, die mir alles an den Augen absah, nur für mich lebte, aber von ihrem Wahne konnte ich sie nicht abbringen. Und dann immer und immer wieder das Erinnern an mein Versprechen. Ich wurde schließlich ärgerlich und grob. Sie weinte. Da war ich wieder besiegt. Ich sprach von unseren Kindern, was denn aus denen werden sollte, wenn ich ihr in den Tod folgte. Ja, aber wir hatten ja noch keine Kinder. Und sie behauptete einfach, sie wisse bestimmt, sie bekomme keine. Sonst eigentlich ein wirklich heiterer Charakter, aber dieser Wahn – ach, wie hat mich das alles gequält!“

Paul stützte die Arme auf den Tisch und legte die Hände vors Gesicht. Ich konnte ihn nur bemitleiden.

„Heute vor einem Jahre", fuhr er dann leise fort, „befanden wir uns auf der Höhe von Trinidad. Das schönste Wetter, wohl hohe See, aber kein Überkommen. Eveline stand hinten am Heck. Da rollte eine mächtige Woge heran, der Flutwelle vorausgehend. Ich sah sie rechtzeitig kommen, sie musste als Sturzsee übergehen. Ich schrie, Eveline hörte es nicht, sah nichts. Ich sprang mit beiden Füßen von der Brücke, stürzte nach hinten, da stürzte das Wasser schon über. Ich konnte mich gerade noch an den Wanten halten. Als ich wieder auftauchte, da sah ich sie treiben ... schon weit vom Schiff. Noch einmal hob sie den Arm ... und winkte mir, winkte mir ..."

Er konnte nicht weitersprechen. Und ich fragte natürlich nicht erst, ob denn kein Boot ausgesetzt worden sei. Ich war doch selbst Seemann.

„Und heute, an ihrem Todestage, fällt mir der Trauring vom Finger!"

„Ja, ein merkwürdiges Zusammentreffen", sagte ich ruhig.

„Und da erscheint sie mir ... und winkt mir ... genauso wie damals!"

„Sie hat wohl nur die Arme hilfeflehend ausgestreckt."

„Und winkt mir. Sage, muss ich denn meinen Schwur halten?"

„Um Gottes Willen", rief ich, „was denkst du!"

„Ich weiß es selbst. Es war schwach, furchtbar schwach von mir, dass ich nachgab, wenn es anfangs auch nur Scherz war. Ich bin der Menschheit andere Pflichten schuldig, als ein leichtsinnig gegebenes, unsinniges Versprechen zu halten."

„Dachtest du denn daran, als du vorhin den Ring suchtest?"

„Ja, natürlich dacht ich an alles das“, erklärte er. „So ist die Vision eben entstanden. Komm, hilf mir, dass ich die Bleistiefel wieder anziehe.“

„Du willst doch nicht nochmals hinab?“ rief ich erschrocken.

Er sah mich groß an. „Warum denn nicht? Es war doch nur eine Vision. Oder denkst du, ich glaube an Gespenster? Nein, ich will meinen Ring wieder haben. Kapitän Paul Müller kann wohl einmal erschrecken, aber so etwas wie Furcht gibt's nicht. Lass alles wieder in Ordnung bringen, ich gehe nochmals hinab!“

Aber es sollte nichts daraus werden. Die Flut hatte eingesetzt, dass Schiff war abgetrieben, ehe der Anker gefasst hatte. Jetzt konnte jene Stelle gar nicht mehr bestimmt werden. Paul wäre trotzdem noch einmal getaucht, allein er musste schließlich das Vergebliche solchen Beginnens selbst einsehen.

Wir gingen in den Hafen von Collare, löschten innerhalb vier Tagen die Ladung, nahmen Ballast und bekamen Order nach Buenos Aires.

Seit sieben Tagen befanden wir uns wieder auf hoher See. Immer war gutes Wetter, der Kapitän konnte den versäumten Schlaf nachholen, er bekam schnell sein früheres, gesundes Aussehen wieder.

Es war früher Nachmittag, ich hatte Wache. Der Bootsmann meldete, dass das Patentlog nicht mehr funktioniere. Es ist dies eine Art von Uhr, hinten am Heck angebracht: eine an einem Seile nachschleifende kleine Schraube dreht sich durch den Widerstand des Wassers, dreht auch das Seil mit, in der Uhr werden dadurch Räder gerückt, Zeiger melden die gefahrenen Knoten.

Die Zeiger rückten nicht mehr.

Der Kapitän ging selbst hin, ich holte eine neue Uhr aus dem Kartenhause.

Wie ich mittschiffs unter der Brücke hervorkomme, sehe ich den Kapitän allein hinten an der Bordwand stehen, mit ausgestrecktem Arm, höre ihn einen lauten Schrei ausstoßen.

Mit zwei Sätzen war ich dort.

„Da … da war sie wieder! Eveline! Und sie winkte mir … winkte mir!"

Ganz außer sich war er. Wieder wollte er sie ganz deutlich gesehen haben, hinten im Kielwasser, zwar nicht mit dem Kopfe herauskommend, aber doch ganz, ganz deutlich sichtbar, mit dem grünen Kleid, mit dem grünen, nachschwebenden Haare, ihm immer zuwinkend. Lange, lange wollte er sie gesehen haben. Ein Zeitmaß fehlte freilich. Und diesmal im hellsten Sonnenscheine! Er ließ sich nicht davon abbringen.

„Vision soll es wieder gewesen sein? Bin ich denn ein wahnsinniger Narr?! Lasst Euch doch nicht auslachen, Steuermann!"

Er ließ mich stehen.

Jetzt wurde mir die Sache doch bedenklich. Paul sah doch gerade jetzt so gesund aus, hatte auch sonst nicht die geringste Spur von Nervosität gezeigt. Was sollte man davon denken?

Er blieb den ganzen Tag unsichtbar, kam erst des Nachts wieder auf die Brücke.

„Ihr denkt natürlich noch immer, es wäre wieder nur eine Vision gewesen", begann er.

„Was soll denn …"

„Schon gut. Eine Erklärung kann ich nicht geben, aber gesehen habe ich sie doch."

Schon bei Sonnenaufgang stellte er sich am anderen Morgen wieder ein, als ich abermals Wache hatte. Jetzt sah er wieder recht schlecht aus, sehr hohläugig, mochte nicht geschlafen haben, sagte aber das Gegenteil.

„Heute Nacht“, begann er von selbst, „ist sie mir im Traume erschienen. Nun käme sie nur noch einmal, erklärte sie, dann aber würde sie mich auch holen, ob ich nun wolle oder nicht. Glaubst du an solchen Unsinn, Robert?“ Er lachte grimmig.

Dieses Lachen gefiel mir gar nicht, so wenig wie sein Aussehen, wie sein ganzes Benehmen.

Da brach etwas an der Maschine. Die Reparatur musste einige Stunden in Anspruch nehmen.

„Da ... da ... da!“, schrien plötzlich einige Matrosen, über die Steuerbordreling deutend. „Ein Seegespenst, eine Wassernixe!“

Ich sprang an die Bordwand.

Was soll ich sagen?

Da schwebt dort unten im Wasser ein Weib, von einem grünen Gewand umgaukelt, um den Kopf grüne Haare, sie blickt zu uns empor, den rechten Arm erhebend. Der Kopf ist vielleicht noch einen halben Meter unter dem Wasserspiegel, die ganze Gestalt aber bis zu den Füßen vollkommen sichtbar.

Wir waren an die zwanzig Mann, die den Spuk sahen.

Sie schien wieder zu verschwinden, immer winkend.

„Himmel und Hölle, jetzt mach’ ich dem Teufelsspuk ein Ende ... so oder so!“ knirschte es da neben mir. Es war der Kapitän, und da sauste er auch schon im weiten Hechtsprunge über die Brüstung weg, direkt auf die Gestalt zu.

Und er hatte sie!

Ich sah ganz deutlich, wie er die Arme um sie schlang und sie auch die ihren um ihn. Oder doch den einen. Dann aber waren die beiden auch gleich in die Tiefe gegangen, waren sofort verschwunden.

Wir starrten und starrten. Die Gestalt war verschwunden. Der Kapitän kam nicht wieder.

Lange dauerte unser entsetztes Starren freilich nicht.

Ein Boot wurde ausgesetzt, mit Stangen und mit Haken an langen Seilen gefischt.

Und wir brachten sie wirklich herauf … sie, das Meerweib.

Und was war es?

Eine hölzerne Gallionsfigur, wie eine solche noch heute fast jedes Segelschiff vorn am Bugsprit führt, meist den Schiffsnamen symbolisierend. Das hier war ein Weib von menschlicher Größe, oder noch etwas größer, hatte den rechten Arm ausgestreckt, der aber am Ellbogen gebrochen war, der Unterarm mit der Hand hing nur noch durch einen Holzspan mit dem Ganzen zusammen. Daher bei der leisesten Wasserbewegung die winkende Bewegung des Armes. Und mit unserem Schiffe war die Figur mit einem langen Strick verbunden, der sich wahrscheinlich am Kupferbeschlag des Kiels festgeklemmt hatte. Das Holz hatte sich vollgesaugt, schwebte eben noch im Wasser. Das grüne Gewand war Seetang, der sich auch in den Rillen der hölzernen Locken festgesetzt hatte.

Die abgebrochene Gallionsfigur hatte sich uns offenbar irgendwo angeheftet, vielleicht erst auf der Reede von Collare. Jedenfalls hatte der Kapitän schon dort beim Tauchen sie erblickt. Gestern hatte er die nachgeschleifte Figur hinten im Kielwasser gesehen, und heute tauchte sie vor unser aller Blicken auf.

Ja, nun war alles erklärt.

Und der Kapitän?

Der war weg. Er tauchte nicht von selber wieder auf, wir fischten ihn auch nicht auf.